(의정 질의를 하고 있는 모습)

(지역 민원을 해결하고 박원순 시장과 함께)

국립중앙도서관 출판시도서목록(CIP)

꽃이 된 세월 : 김안숙 시집 / 지은이 : 김안숙. — 서울 : 한누리미디
어, 2013
 p. ; cm

ISBN 978-89-7969-458-1 03810 : ₩8000

한국 현대시[韓國 現代詩]

811.7-KDC5
895.715-DDC21   CIP2013018951

김안숙 시집

꽃이 된 세월

한누리미디어

여름날 그 뜨거운 사랑은 가을날 단풍잎으로 물들어 오나 봅니다. 세상 들녘에 피어나는 들꽃들의 노랫소리, 시인의 가슴 깊이 스며드는 세월의 품속에서 시향으로 자연을 어루만집니다.

봄날에 꽃이 진다고 어디 꽃이 없으랴? 시인의 가슴 속에 들풀 하나 돌멩이 하나 인정 많은 바람의 손길처럼 눈에 담고 사색에 담지 않을소냐? 계절마다 생명의 향기를 품어주는 우주의 섭리를 따라 세월에 말하고 자연에 꿈을 꾸는 사람이 시인인 것 같습니다.

하늘 향해 두 팔 벌린 나무의 자유처럼 지나온 세월보다 많은 사색에 젖은 그 옛날 소녀의 감수성은 오랜 세월 봄을 만든 겨울 속의 꿈이었습니다.

어릴 적 국어 책 속에 꽃잎을 넣어 두고, 꽃잎이 피어나기를 기다리던 김안숙이었습니다. 글자 하나하나가 꽃밭의 꽃처럼 피어났으면 얼마나 좋을까(?) 그렇게 설레던 어린 마음은 긴 세월의 산고 속에 세상을 말하는 시인이 되었습니다.

나는 이제 산천의 바람으로 인생의 희로애락과 세상 사물의 아름다움을 시로 짓는 언어 예술의 역사자가 되어, 어느 척박한 땅이라도 찾아가는 '꽃이 된 세월'의 얼굴로 피어나는 길동무가 되겠습니다.

앞으로 나에게 주어진 시인의 숭고한 사명은 인생 삶의 터전에 메아리를 살게 하는 푸른 숲속처럼 가꾸어 나가겠습니다. 구름처럼 머물고, 바람처럼 찾아가고, 물결처럼 흘러가고, 시처럼 깊은 생각으로, 예술처럼 아름답게 사람들의 꿈을 이뤄 가는 정치를 하겠습니다. 세상사 모든 일을 흙 속에서 원석을 찾아내어 갈고 닦는 아름다운 창조의 혼연으로 김안숙 소녀가 그렇게 꿈꾸었던 시인의 꿈이 반백이 넘어 가는 인생 산맥에서 구름을 품은 산자락처럼 펼쳐졌습니다.

그동안 나에게 시인의 길을 물심양면, 살신성인의 가르침으로 "김안숙은 영혼이 '청산' 같은 느낌이다" 하시며, '청산' 이란 '아호'를 지어주신 민주문학예술협회 총회장(시인/소설가/문학예술평론가)이신 임영모 스승님께 "세월에 말하고, 자연에 꿈꾸고, 사람에 숨쉬"는 '꽃이 된 세월' 같은 아름다운 시인이 되겠다는 약속을 드립니다. 또한 민주문학회에서 같이 시를 지었던(배화자, 마정아, 김미경, 김원희, 정은란, 박정현, 오다겸) 시인 자매님들께 진실한 시인으로 인생을 노래하며 살아가자는 우정의 마음을 전합니다.

그리고 제게 오늘이 있기까지 항상 소녀처럼 젊게 살아가라 하시며 시 쓰는 공간을 만들어 주신 남편 김수붕과 엄마가 시인이 된 것을 세상의 어느 꽃보다 예쁘고 자랑스럽다는 딸 김리나와 아들 김태현에게 "꽃이 된 세월에 사랑을" 담아 보냅니다.

'꽃이 된 세월', 세월이 꽃이 되었습니다. 세월도 가는 길을 멈추고 꽃 피는 날에 머물 것입니다.

2013. 9. 25

지은이 김 안 숙

이르는 말

　어느 유명한 시인이 말합니다. "봉숭화 꽃을 보고 시인이 되었다." 김안숙 시인도 그 시인과 닮은 것 같습니다. 국어 책에 꽃잎을 넣어 두고 글자 하나하나가 꽃으로 피어나기를 바라는 신비로운 생각을 했으니 말입니다. 김안숙 시인은 그때부터 시인의 꿈이 새 싹처럼 돋아나고 있었습니다. 이렇듯 김안숙 시인의 인간적인 면모는 마치 한눈에 보이는 나무의 줄기와 이파리처럼 겉과 속이 똑같은 행동양식의 성품을 지닌 '청산'이었습니다. 세인들에게 사람의 '봄바람'이라고 불려지는 김안숙 시인의 사랑의 심성은 시를 쓰는 데 있어, 하얀 종이에 물들여지는 꽃잎 같은 손길이었습니다. 시인의 기본 사상은 인생 희로애락과 세상 만물을 긍정적인 아름다운 꿈으로 그려 가는 것이기 때문입니다.

　인류의 성인들이 한결같이 시의 찬양을 불렀듯이, 공자님께서도 "세상의 모든 이치는 아름다움에 있다. 따라서 시는 아름다움 속에서 진리를 찾아가는 '사무사, 사투무'다"라고 가르쳤습니다.

　물리학자인 아인슈타인에게 어느 학생이 물었습니다. "박사님 죽음이 무엇입니까?" 아인슈타인은 서슴없이 말했습니다. "죽음이란 시를 읽지 못하는 것이다." 이보다 더 시를 상징하는 생명의 말이 어디 있겠습니까? 이렇게 시는 우주 삼라만상 속에서 자연의 마음을 알아내고, 세월이 가는 길을 찾아내어 인생 희로애락을 축복하는 기도의 명상입니다.

　시는 옥 속의 티를 가려내는 빛의 예술입니다. 때문에 위선적인

불의한 자가 시를 쓰는 것은 뱀이 혀로 흉내내는 일이라 했으니, 시의 숭고한 영혼성을 잘 말해 주고 있습니다. 이러한 시는 사람의 자유로운 상상의 표현을 통해 마음 속에 잠자는 감성을 일깨워 사물과 현상을 은유하며 사람의 언어를 그림처럼 그려 넣는 것입니다. 따라서 무한한 형상과 힘의 화합을 끄집어내어 이성과 감성의 황홀한 감정을 불러 일으키는 예술 중의 으뜸 사상인 언어를 완성시켜 나가는 사명자입니다. 이런 시의 주제는 우주 속의 피조물이며, 그 우주관이 시인의 함축된 사색 속에서 시어로 피어나는 의식과 정서와 문화의 공기가 되는 것입니다.

청산 김안숙 시인에게서 시를 쓸 수 있는 타고난 양식과 감성과 심성을 지니고 있음을 발견할 수 있었습니다. 차별없이 사람을 좋아하는 시인의 한없는 사랑 속에는 오래 전부터 사회봉사와 더불어 살아왔습니다. 그리고 더 큰 봉사를 하기 위해 정치인으로 발돋움했던 그의 헌신적인 봉사정신과 치밀한 의정활동은 자타가 공인하고 있습니다. 이런 가운데 산을 울려주는 메아리 같은 풍부한 시향의 감성으로 아름다운 사람의 마음을 보여주고 있는 김안숙 시인은 봄날의 꽃들을 피게 하고, 가을날에 단풍을 물들이게 하는 바람과 햇살처럼, 많은 사람들의 가슴 속에 살아 숨쉴 것입니다.

청산의 이름으로 하늘 향해 두 팔 벌린 나무처럼, 시처럼 생각하고 예술처럼, 노래하는 진실한 사람들의 세상을 위해 아름다운 '꽃이 된 세월' 의 꿈이 될 것이라 믿습니다.

시인 · 소설가 · 문학예술평론가 · 민주당 사회문화예술위원장
민주문학예술협회 총회장 **임 영 모**

차 례

1 비 오는 날의 향기

2 세상길 인생길

차 례

3 세월의 눈동자

4 세월 걸음걸이

차 례

6 마음에 피는 인연 꽃

1

비 오는 날의 향기

시작과 소망의 꿈

인간 세상에 그리움으로 태어나서
삶의 자락을 붙잡고
꿈과 사연을 만들고
마지막에 누굴 위해
그 사랑의 마음을 내려놓는가?

날마다 돌고 도는 하루하루가
시작의 시간 끝나는 시간
고통 속에 행복을 찾아 헤매는 인생살이
하늘에 마음 하나 놓을 곳 찾아보는
부질없이 떠도는 구름 한 조각일지라도.

사는 날까지 태풍처럼 숨 막히는 아우성으로
천지간을 흔들고 깨우며 일어서고
밀려왔다 부서지며 또 한 몸으로 일어서는
파도의 영원한 생명력을 움켜쥐고
성스러운 기운으로 살아가는 인생이라.

그 자리에 나의 바른 흔적을 남기고
내 뒤를 따라오는 사람 돌아가지 않게

무겁고 수고한 짐 받아 들고
서로서로 어깨동무 발걸음 맞춰
사계절 피고 지는 자연처럼 살아가려무나.

비 오는 날의 향기

봄비는 바람보다 먼저 일어나서
사물을 깨우고 내 마음 속 깊이 찾아와
속절없이 가는 봄의 옷자락을 부여잡고
아침부터 세월의 이야기를 빗줄기에 실어준다.

사람들의 발길에 꿈을 싣고
세상의 향기를 찾아가고 있는데
나도 그 속삭임 속에 희망을 걸고
둘도 없는 내 아들 빗물에 젖을까 병원으로 간다.

강산도 무심한 10년이 넘은 세월
생명을 위해 사랑을 위해 오가던 길
님에게 부르짖는 그리운 기도 소리
오월 같은 푸른 이파리 같은 소망이었다.

비 오는 날에 비가 오는 날에
사람의 마음 속에도 비가 새어들을까?
아들의 무거운 걸음이 눈물을 감추고
잠시 눈을 감은 얼굴에는 천근 만근 눈꺼풀이다.

세상에 살아 있는 아름다운 생명아
한 발자국 숨 쉬는 소리마다
넘지 못할 높은 산이 어디 있으랴
어딘들 또 가자, 등에 지고
내 아들 사랑을 태운 길이란다.
생명의 길이란다.

봄비의 마음 꽃송이

꼭 내 딸 얼굴 닮은
구름 한 점 없는 맑고 푸른 하늘
얼마나 기쁨이 넘쳤으면
꽃송이 마음까지 씻어주는
황홀한 생명의 봄비가
밤새도록 아름다운 자장가를 불러준다.

꽃잎에 달린 빗방울
바람이 지나가는 길목에 앉아
어느새 들풀을 어루만지고
땅속에 들어 아지랑이를 깨워
벌 나비 노랫소리 공중을 날며
봄비 젖은 산천을 설레게 한다.

햇살하고 손잡고 일어선
비 개인 이른 아침
학교 갈 채비로 분주한
거울 앞에 머리 빗는 여학생
오늘은 봄날이 기분 좋게
내 딸 차림새에서 말을 건네고 있다.

들꽃의 사연

돌 틈에 피어나는 마음 가린 들꽃도
언덕바지에 고개 숙인 들풀도
오고 가는 세월의 사랑을 받고
임자 없이 떠도는 바람잡아
고유의 자태 착실히 꾸미며
생을 돌보는 자유의 몸부림에 젖는다.

달이 뜨면 이슬 젖은 영혼의 꿈을 꾸고
해가 뜨면 구름을 사모하는 님이 되어
들판을 거닐던 발길 미련 하나 없는데
짧은 생애 추억을 만들 새도 없이
잠시 잠깐 머문 인연의 자리
철 지난 흔적은 어디다 감춰 버린다.

때가 되면 어김없는 그 약속
어느 세월의 향기에 전했을까?
소리 없이 흔들어대는 몸짓이
가라는지 오라는지 종잡을 수 없는
길 잃은 길손의 설움보다
그리움을 여미는 들꽃의 사연 흙 속에 쌓인다.

오월의 향기

민주화 꽃이 꿈꾸고 있는 자리
5·18 성지
사람의 사랑이 흐르는 시간
소년 같은 푸른 묘지 위에 햇살만이
자연의 시계 바늘임을 가리키고 있었다.

오월의 성지를 하얀 빈 마음에
첫사랑 설렘의 순정으로 채워
임을 위한 영원의 행진곡을
하늘 높이 울어대는 종달새처럼
들판에 노니는 새 소리 불러 함께 목청 돋군다.

세상의 소리 생각에 담고
사람의 아픔 가슴에 묻히면
어둠 속에 비치는 달이 되고
무성한 잡초 밭에 들꽃처럼 피어나서
겨울을 이겨낸 천지간에 향기가 되리라.

연인의 미소

흰 구름 먹구름 허공에 가득 이고
인생 고뇌의 숨가쁨일지라도
삶의 무게를 지고 살아가는 날
마음 속에 녹아드는 길을 찾아가는 겁니다.

마파람 하늬바람 갈바람 꽃바람도
제멋대로 살랑거리다가 산이 막히면
견디다 못해 비가 되어 울어버리는 것처럼
사람 사는 길도 자연의 길을 따라갑니다.

예쁘게 단장한 고운 인생 뜨락에
햇살 줄기로 찾아와 평온히 움터 오면
그 향기에 잠이 들어 꿈을 꿀 때
아름다운 님의 모습이 빨간 댕기처럼 날려옵니다.

그렇게 또 계절은 바뀌어도
멀어져 간 추억의 나날들
그리운 미련 한 주먹손에 쥐고
꽃보다 밝은 여인의 미소 지으며 그 날을 봅니다.

아침 공기

새벽길 나뭇잎을 깨우는 자연의 숨결
약속 하나 찾아오는 아침 나절 손님
마음 속까지 찾아온 설렘
짝사랑 바람 같은 신선한 공기
꿈속에서 덜지 못한 미련을 씻어준다

애인처럼 불어오는 바람을 앞세워
하루 가는 삶의 노래를 부르며
흰 구름 달고 오는 햇살 모아
사랑의 맑은 빛깔을 그려 가는
인생살이 풍경을 그려간다.

나를 깨우는 새벽의 이름
중천 하늘에 붉은 꽃으로 피어
노을진 그늘이 구름 속에 가려져도
어둠 속 이슬방울 마음에 젖어
먼 길 떠오른 달님 얼굴 가슴에 안는다.

산 메아리 운다

외로움은 눈물이다
사람마다 길 따라 가면
희로애락 사랑하는 일이다.

마음이 멀어진 손님
나그네 발길인들 기다리지 마라
눈 비 오는 슬픈 길일지라도
종달새 하늘 높이 떠서
세월 견뎌내는 님을 보고 있다.

삼라만상 숨 쉬는 그림자 속까지도
날아가는 바람도
눈감은 구름도
한 마음 뜻대로 가지 못하고
어느 때는 산 메아리 품어 같이 울어 본단다.

저녁노을

세상살이 하늘에 해와 달이
번갈아 뜨고 지고
사람 사는 길 따라 얼굴을 비치면
모든 생명의 바쁜 숨결
저 산을 넘어가는 바람 소리 아우성이다.

천년을 하루 같은 조급함으로
만년의 근심을 걸머메고
티끌 하나 내려놓지 못한
짐승 같은 탐욕이
사람의 이름으로 불려진다.

태양이 솟아 오른 어느 공간에
삶과 꿈이 피어나는
긴 여정이 시작되는 길목에서
어느새 저녁노을이 물들면
내일을 위한 달맞이 간다.

세월의 자유

해가 가는 길 사람도 따라가고
하루하루 삶의 여정을 짊어진 채
꿈을 위한 시간을 만들어 가는
생을 위한 희로애락의 이야기들은
어둠 속에 달을 맞이하는 발걸음이다.

밤낮으로 불어오는 바람은
눈에 보이지는 않지만 느낄 수 있고
해와 달을 안고 흘러가는 물결도
깊은 속까지 보이는 소리를 내지만
시간은 시계바늘이 대신 울려줄 뿐이다.

세상에서 사람이 가는 길
시간의 둘레를 벗어날 수 없는
자연을 살게 하는 심오한 섭리가
생명의 자유를 구속하는 흑막이 아닌
질서를 조화시키는 사랑의 심장일 것이다.

시간의 눈동자

자연보다 빨리 가는
숨 막히는 삶의 발걸음
철 지난 나날은 추억이 되고
욕망이 된 세월은 꿈을 앞세워
세상 사람 모두 모여 달리기를 한다.

뛰다 걷다 멈추기를 반복하며
절절한 그 사연 뒤를 볼 새도 없고
틈틈이 옆눈질할 만도 하지만
눈동자는 그 님의 이름만 부르며 앞만 바라보고
짝사랑이 된 희망의 인연을 만나러 간다.

달빛 재운 고요한 밤도
햇볕 태운 대낮의 열정도
가고 오는 시간의 흐름을 타고
바람에 실어가는 구름처럼
돌멩이 구르듯 무언의 세계로 잘도 간다.

어머니의 세월

둥근 달빛 가슴에 품어 안은
하얗고 맑은 순결한 찔레꽃
우리 어머니 소박한 얼굴 닮았고
빛바랜 모시 적삼 입고
꽃이 피어나는 웃음 소리
봄바람 향기보다 봄을 더 많이 닮았다.

산등성 넘어가는 햇살 눈부심이
어린 뒷동산 비춰지면
겨울을 이겨내고 긴 꿈 자락이
우리 어머니 눈 속에 피어나는
빨간 동백꽃 사랑이 된단다.

해 떨어진 서산 하늘에
석양길 기러기 날아가다
푸른 소나무에 날개 내리면
하얀 학 닮은 우리 어머니
세월을 나눠주는 세상길 길동무 삼더라.

자연이 가는 길

세월 따라 자연의 섭리는
신비로운 생명의 꿈을 꾸고
세상 만물의 이치를 조화시키며
철마다 지나간 자리 사랑의 흔적을 남긴다.

봄날에는 꽃 피는 사랑의 인연을 만들고
새들의 노래 소리
여름을 부르면 꽃 지는 사연
유월 장맛비에 눈물짓는다.

산천을 그리워하던 뜨거운 햇살은
여름날의 얼굴을
소녀의 푸른 빛으로 물들이고
맑은 물방울에 자연의 순정을 띄운다.

햇살이 익어가는 어느 날
바람의 손길에 오색 연필 쥐고
단풍 얼굴 그려가는 솜씨가
짝사랑하는 님을 위한 환상의 꿈결 같다.

들판에 흐드러진 들국화도
겨울 손님 찬 서리에 고개를 떨구고
참새도 날아간 자리 논밭 지킬 것도 없는
허수아비 어깨에 첫 눈이 내린다.

인생 수수께끼

길고 먼 알 수 없는 세월길을
얼마나 많은 수수께끼 사연을 품고
저렇게 끊임없이 출렁거리는 물결처럼
삶의 소용돌이 속에서 몸부림을 치는 걸까?

그리운 열정의 눈물일까?
고된 풍파의 슬픈 통곡일까?
희생이 밀려오는 소망의 파도
밀려가는 허망의 여울이 뒤를 돌아본다.

꿈꾸는 영혼의 바다 이야기
해를 안고 함몰하는 하루의 끝자락
아쉬운 미련 두고 떠나는
짧은 시간의 회한이
인생길 행복을 위해
또 일출처럼 붉게 떠오른다.

꿈과 희망

거친 삶의 발걸음
해보다 빨리 뛰었고
어둠 길 가는 달보다 늦게 멈추며
뜨거운 햇덩어리 온몸에 꽃이 피고
차가운 달덩어리 빨간 열정을 식혀 주었다.

숨 돌릴 새도 없이 고개 한 번
돌려보지 못하고 생각 없이 말 없이
구름이 흘러가는 여백도 보지 못하고
물결이 출렁거리는 소리도 듣지 못하고
바람이 가는 길을 앞서 달려 왔다.

그 멀고 먼 길에 돌부리 채인 나날
고된 여정 그림자 벗 삼아 홀로 선 세월 길
토끼처럼 뛰어 오른 가파른 길
숨이 턱에 차오를 때면
소나무 그늘 아래 구름 한 조각
꿈과 희망 잡고 흘러간다.

아들의 소망

세상에 천륜으로 인연지은 길
부모와 아들 사이로 맺어진 운명
꽃나무에 향기로 피어나는 사랑
사계절마다 생명의 생생한 색깔이 되어
성장하는 아들의 모습
엄마의 마음 속에 자라는
꿈의 나무처럼 지켜보고 싶었다.

사람마다 산천의 사물만치나 숱한 사연
타고난 자리 운명이라 여기며
희로애락을 보듬은 생명의 길
누구를 탓할 수 없는 숙명이라
멍에처럼 짊어지고 가는 삶의 보따리
천년의 근심으로 하루를 살아가는 사연
철없이 아파 우는 자식 무슨 죄가 있겠소.

아가의 울음 소리 귓전에 달고
이 병원 저 병원을 달려가던
생명의 소망 실은 엄마의 거친 숨 소리는
하늘에 천둥이 우는 까닭이었고

해를 달고 가는 흰 구름이 떠오르면
무지개 빛이 내 아들 몸 속에 친구 되어
골목길을 꽃피우는 새싹의 노래를 꿈꾸었다.

행복의 마음

행복의 보물을 찾아가는 인생길
누구는 찾아 삶의 꽃을 피우고
누구는 눈이 멀어 세월 길을 헤매고
먹이 찾는 짐승 발자국 눈빛은
손에 쥘 수 없는 물 속의 여울처럼 멀어져 간다.

바람 타고 날아오는 공기 방울처럼
사람을 살게 하는 생명일지라도
사람 눈앞에 보이는 행복은 돈이라
오만가지 사랑도 아름다움도
마음 속의 아름다운 향기는 언제나 꿈만 꾼다.

태초부터 자연이 가는 길에
뭐 하나 저절로 주어진 것은 아니었지만
어떤 일이든 행복의 가치는 사물처럼 널려 있으니
손길 발길이 닿는 가까운 곳에
어머니의 따뜻한 가슴에 피어나는 눈빛처럼 앉아 있다.

꽃

세월의 품속에 남긴 꽃봉오리
사람들의 가슴 속에 사랑의 향기로
세상길에 삶의 자취로 피어나서
꿈속에서도 아름다운 꽃길이 열린다.

꽃은 어디서 살다 왔길래
발길 닿고 손길 닿는 곳마다
눈길 한 번 돌리지 않고 마주보는 얼굴
바람이 머무는 곳에 사랑이라 웃음 짓는다.

인연의 손님

생명의 신비한 비밀 속에 인연이 산다.
나는 그 속에 주인이 되어
꿈속에서도 생시에서도
전생 현생 내생의 세상길에 나선다.

소중하게 한 발 두 발 내딛는 숱한 발걸음 그림자 속에
마음이 먼저 가는 반가운 손님처럼
눈빛이 사라지는 불청객처럼
속과 겉이 달라도 운명처럼 사람의 짝이 되어 길을 간다.

계절의 향기는 사물의 꽃이요
세월의 향기는 인연의 꽃이라
필연과 악연의 사이가 앞서거니 뒤서거니
숙명적으로 동행하는 사랑의 그림자가 있다.

너와 나는 악과 선의 관계가 될지라도
꽃샘바람 지나가면
사랑 찾는 봄날의 향기처럼
내 삶을 꽃피우는 인연의 노래를 부르고 싶다.

2

세상길 인생길

세월의 꿈

세월 길 따라가다 보면
사람 마음보다 먼저 가 버린
무정한 그리움은 추억에 남기고
유수와 같은 세월이 꿈속에서 흘러간다.

꽃이 피고 달이 기우는 어느 날
우리 어머니 얼굴을 바라보니
세월이 남기고 간 깊은 주름살 속에
사랑의 물줄기가 눈물처럼 고여 있다.

가는 세월 철 따라 갈아입은 색깔마다
산천에 그려 놓은 사연을 남기고
아름다운 삶의 자리 늙어갈지라도
사람의 마음 실은 아리랑 꿈은 그냥 두고 가거라.

세상길 인생길

신비로운 세상길 아름다운 인생길
마음 속에 세월 따라 가는 길
눈빛 속에 해와 달 따라 가는 길
날마다 날마다 꿈의 태양도
희망의 달도 솟아오른다.

사람의 삶의 걸음을 세상 돌리는
시계바늘 소리에 맞춰 숨 소리를 맞추며
다람쥐 쳇바퀴 돌아가듯
삶의 굴레를 숨 가쁘게 돌리지만
언제나 새로운 아름다운 행복의 그림은
오늘도 떠도는 구름을 떼어 여러 가지
색깔로 꿈의 무지개를 그려 나간다

인생에게 주어진 시간은
어쩔 때는 무거운 멍에처럼 굴러가지만
삶의 손길이 부지런히 움직일 때는
바람처럼 가볍게 날아가는 마음 속에 산다.
인생 그 마음 속에 새 둥지 만들어
세상을 날아가는 꿈을 펼쳐간다.

인생살이

아침 태양은 여명의 빛으로 하늘 길을 가고
하루가 시작되는 인생은
해거름 따라 세상길 걷노라면
소망의 보따리를 찾으려고
삶의 이름 찾아 희로애락을 꿈꾼다.

뜨겁게 타오르는 태양의 시간 속에
사람의 가슴 속에서 끓어 오르는
붉은 열정은 앞서거니 뒤서거니
두 말 없이 강물에 떠가는 구름처럼
말 없이 한 몸의 사람으로 세월 길을 흐른다.

맑은 희망의 영혼 빛 얼굴이
석양 마루 노을 꽃으로
아름답게 피어날 때까지
인생의 근심걱정을 돌보며
음지로 양지로 조화를 이룬다.

구름 속에 얼굴을 숨기고
눈물도 흘리면서 사랑과 그리움을

사계절 피고 지는
눈과 비와 바람과 햇살로
인생길 희망의 숨결이 된다.

들풀

낮이면 햇님이 밤에는 달님이 다녀가지만
그 누구도 찾아주지 않는 이 들판에
간간이 시샘 많은 바람
풀잎을 건들며 마음을 흔들어 놓고 간다.

흘러가는 세상 이야기 온종일 듣고 있노라면
어느새 저녁노을 옷깃을 붉게 물들여 오는데
풀잎 잡고 울어대는 풀벌레 소리
사람의 귓전에 사랑일까? 서러움일까?

칭찬의 노래

사람의 칭찬에는 신비로운 힘이 살고 있다.
공부를 할 때에도 일을 할 때에도
칭찬을 들으면 저절로 기운이 생긴다.

칭찬의 시작은 신뢰와 관심에서 시작된다.
칭찬은 자신이 신뢰하는
사람으로부터 들었을 때 그 효과를 발휘한다.

아침 신선한 공기 같은 칭찬
사람들은 많이많이 하며 살아야 한다.
험담은 숨을 막히게 하는 탁한 공해 같은 것이다.

칭찬에 인색한 시대를 멀리 보내자
칭찬이 쉽고도 어려운 것인 줄 알지만
세상에서 가장 쉬운 것이다.

나는 칭찬을 아끼지 않을 것이며
칭찬으로 삶의 여정을 놓아서
칭찬의 노래를 날마다 부르며 살 것이다.

사람의 꽃 칭찬

바람이 자주 어루만져 주는 나무는
작은 미풍에도 사랑의 노래를 부른다.
햇살의 따스한 눈빛을 많이 받은 꽃잎은
향기를 아끼지 않고 벌 나비를 춤추게 한다.

사람의 마음 속에 아름다운 나무와 꽃 같은 사랑
누구라도 칭찬의 향기를 품어내는
희망의 메시지가 있으니
산을 넘어가는 산 메아리 울림으로 사람 마음에 다가간다.

삶을 생동하는 목청 소리 드높이는 입술을 활짝 열며
사랑의 양식을 먹고 자란 칭찬
맑은 공기 속에서
사람의 꽃 봉오리로 피어났으면 좋겠다.

여름날의 풍경

그리워 그리워 세상을 두드리는
장대비 손길이 나뭇가지를 붙잡고 헤맨다.
허공을 뚫고 가르며
사랑 한 보따리 터뜨린다.

님의 숨 가쁜 소리에 개구리 목청 돋아
낮인지 밤인지 몸부림치는 함성
풀벌레 기죽어 엎드려 있고
산천의 바위까지 숨죽인다.

처마 밑에 철없는 새끼제비 배고프다 짖어대고
빨랫줄에 어미 제비 먼 산을 보며
장마 구름 망연하게 바라보며
뒷동산 무지개빛 눈에 담는 여름날 꿈이다.

호박꽃이 말한다

흙 속에서 깊은 꿈을 꾸다가 세상이 그리워
울타리 밑에서라도
언덕바지에서 지붕 위에서도 태어나고 싶었다.
인연 하나 믿고 운명에 맡겼다.

호박꽃이라 향기가 안 들었냐?
그 넓은 인심에 벌 나비 배터지도록 먹고
온 동네 친구까지 모두 불러 실컷 먹여도
허리춤에 묻힌 샛밥까지 가져간다.

생긴 대로 있는 대로 다 내주어도
온종일 확 열린 웃음 소리에는
바람도 푹 빠져 놀다 간 이야기도 있고
발걸음 소리 없는 구름도
조용히 마음 남긴 흔적이 있단다.

그러나 땅에 엎드려 두 말 없이 산다
엉금엉금 기어가다 길이 막히면
그 자리에 멈출 줄도 안다
길게 뻗어나가는 꽃송이

나뭇가지에 걸리면 겸손히 고개 숙인다

둥글둥글 살아가는 호박 같은 마음
넓게 크게 달콤하게 호박꽃 피우며
넝쿨째 굴러다니는 호박덩이로
호박꽃처럼 둥글고 푸짐한
말 한 마디 마음에 담고 간다

땀방울의 숨결

세월이 머문 자리 자연의 숨결들
어머니의 사랑을 꿈꾸는 간절한 정성
고추잠자리 맴도는 날갯짓에 소망을 싣고
금빛 들판을 자유의 몸짓으로 춤을 추고 있다.

들풀을 어루만지는 이슬 방울 하나 하나가
비단실 같은 따뜻한 햇살 머금고
영롱한 땀방울 알알이 익어가는
가을의 가슴이 세상의 고운 빛깔로 드러난다.

고이고이 소망으로 한 해의 양식을 일구는
흙의 진실 닮은 농부의 마음 속에
봄날에 뿌려진 희망의 씨앗들이
가랑잎 바람 타고 풍년가 멜로디가 되어 들려온다.

소망 세월

하루하루 얼마나 긴 세월 길을 왔을까?
젊은 청춘 어깨 너머 푸른 뒷동산 같은데
눈앞에 뜨거운 생명의 숲 속을 이룬
나를 닮은 큰 산 하나 뭉게구름 걸쳐 있구나.

아침 나절 소녀의 눈빛 같은 맑은 햇살
널따란 하늘 길을 떠다닐 때
삶을 찾아 앞만 보고 거닐던 세상길에
꽃도 피는 자리 들풀도 꿈을 꾸었다.

벌써 해는 중심을 잃고
석양 하늘가 앉을 자리 기웃거리는데
오래 된 그리움 먼저 보따리에서 풀려 나와
아직도 따라오는 욕망도 희망도 소망을 부른다.

파도

냇물도 강물도 흘러흘러 바다로 가면
끝도 갓도 없는 푸른 물결 타고
파도는 갈매기 노랫소리 장단 맞춰
밤낮으로 생명의 꿈을 출렁거린다.

끊임없이 밀려오는 파도 소리
조약돌 손길에 하얀 웃음을 터트리고
반짝이는 별빛 하나 숨어 있는 그리움에
등댓불의 사랑을 찾아 발길 돌리는 파도여.

부서지는 소망의 아픔이 서러워도
세상 신음 소리까지 품어 주면
사연 많은 아우성을 풀어놓고
모래알 가슴에 못다 이룬 사연 스며든다.

사랑을 꿈꾼 민들레

한적한 길가에 홀로
어머니 마음 속으로 피어난
사랑을 꿈꾸는 민들레 한 송이
하늘을 머리에 받들은 꽃잎
세상에 피어나서 한철을 그렇게 살며
사랑 받고 사랑 주고
소망의 그리운 흔적으로 간다.

사람도 세상에 태어나서
가슴을 드러낸 숭고함으로
누군가에게 사무친 사랑이 되어
서로의 마음 같은 넓은 세상길에
그림자 하나 틀리지 않는 발걸음 맞춰
비 오는 궂은 날에도 숨지 않는
둘레가 없는 햇살 하나 눈에 담고
맑고 밝은 낮과 밤을 향해 걸어가겠는가.
나의 세상을 그대의 세월을
새벽에 일어난 발걸음으로 말일세.

고향의 사랑 노래

세월이 먼저 갔을까?
인생이 먼저 갔을까?
고향은 지금도 그 곳에 있는데
먼 길 30년이 흘러 나 여기 있다.

어린 시절 맑은 탐진강 물줄기 따라
은어 떼 몸놀림을 보며 세월도 머물던
마음 속에 꽃피는 봄날처럼 비쳐오는
지난 추억들이 한눈에 스쳐 온다.

길고 긴 햇살을 보듬고 온 세월
영혼의 숨결이 숨 쉬는 빛 고을 청자 축제
사랑도 그리움도 혼혈 속에 담아 빚어내는
뜨거운 불길의 설렘은 달빛 고운 얼굴 같다.

옛날부터 11면에서 아침처럼 일어나는
내 고향 아름다운 미래의 꿈은
다산 정약용 선생의 얼과 김윤식 시인의
문학의 향취가 꿈속에서도 피어나는 내 고향이 아닌가?

장맛비와 소망

걸음이 멈춰진 채 비를 맞고 있는
쓸쓸함에 젖어 고개 숙인 사람에게
소리 없는 바람결로 살며시 다가가
세월길 우산이 되어 그 길을 가고 싶다.

누군가의 우산 같은 사랑으로
세상살이 삶의 비바람을 막아 주며
몸도 마음도 젖지 않게
햇살 같은 행복을 나누어 주고 싶다.

사람이 이루고자 하는 소망도
장맛비가 내린 후 무성해지는 여름처럼
대낮 같은 밝은 하늘가에 떠올라
희망의 무지개로 세상을 비춰 주고 싶다.

들국화 연정

산모퉁이 나뭇잎 등지고 피어 있는 들국화
지나가는 손길 바람 한 점 건들지 못하고
외로움을 겹겹이 한 마음에 감추고
단풍잎 들 자리 남겨놓고 돌아눕는 얼굴.

밤새 젖은 눈물 이슬방울에 모아
인적 없는 한적한 곳에 소박한 향기 풍기며
이름 모를 풀벌레 소리 메아리에 실어
세상 가는 길 은은한 향기로 풍겨주는 미소.

외로워도 고독하지 않고
그리워도 사랑할 줄 모르는
그대의 강인한 정신 앞에
꿈속의 영혼까지 불러주는 이름.

사람의 길

사람이 살다 보면 숱한 사연들이 구구절절
한 치 속도 안 되는 사람의 마음을 알고 살아가기란
세상사에 얽힌 조화 속보다 더 복잡하고
달빛 없는 어둠 속에 발걸음 뛰는 것보다
바람이 불어가는 길 알기보다 더 어렵다.

사람은 사람답게 살아가야 하지만
사람 노릇하기가 밤과 낮 속에서
꿈과 생시처럼 왔다 갔다 하니
비바람에 흔들리는 나무 이파리 잡고 있는 것보다
바닷 속 깊이를 재어보기보다 더 어렵다.

어릴 적 부모님 밥 먹듯이 일러주시던
세상길 사람의 길 옳은 길은
고향 동네 골목길처럼 눈앞에 선한데
나이가 들어도 사람 노릇이 어려우니
지나온 길을 헛걸음친 것 같은 기분이다.

빈 자리 시간

가슴 속에서 시간이 흐르고
눈빛은 어둠을 가르는 등불이 되어
님이 있는 자리로 숨 가쁜 발걸음
그리운 꿈은 안고 달리던 그 날.

님을 기다리는 설렘으로
가득 채웠던 아련한 추억
한 사람 몸짓의 의미가
임자 없는 그림자처럼 맴돈다.

아직도 깊은 사색 속에 살아 숨 쉬는
하얀 공간의 사연들을 모아
아름다운 희생이 이룬 은혜의 길에서
지난 날 읊어보던 시 한 수로 사랑을 불러본다.

그리움의 소리

밤하늘에 꿈결처럼 흐르는 침묵
여인의 고요한 가슴으로 불러보는 님
시간 속을 달리는 시계바늘 소리
한시도 쉴새 없이 숨 가쁜 그리움은 어디로 가는 걸까?

한여름의 별들도 곤히 잠이 든 밤
어둠의 저편에서 불어오는 바람결에
행여 님의 숨결 섞여져 오나
설렘으로 가득 찬 가슴 위에 두 손을 얹는다.

날이 가고 달이 가도
철 지나지 않은 세월을 그리며
까만 밤을 지새우는 속 타는 심정
새벽길에 까치가 울면 님 올 거나 귀기울이려나.

3

세월의 눈동자

나팔꽃 인생

새벽바람으로 깨끗이 얼굴을 씻은
조용한 이른 아침 길 위에
맑은 햇살을 머금고 있는
나팔꽃 앞에서 걸음이 멈춰졌습니다.

밤에는 이슬에 젖고
낮에는 햇살을 품는
가냘픈 줄기 뻗어 세상을 노래하는 둥근 입가에는
꽃들의 웃음을 모아 노니는 것 같습니다.

내 몸보다 큰 얼굴로 미소 지으며
하루를 반기는 기분 좋은 인사
사람의 마음 속까지 피어올라
울타리 없는 아름다운 세상을 보고 싶습니다.

이슬이고 싶습니다

세상 가는 길 무거운 발걸음일 때마다
풀잎에 마음을 매달아 보고 싶습니다.
길고 먼 해와 달이 바뀌어도
깨끗하고 둥글게 맺힌 이슬이고 싶습니다.

두터운 어둠 속에서 일어선 햇살은
아침 일찍 눈 뜨기가 바쁘게
꿈속에서 만난 이슬 있는 곳을 찾아
붉은 꽃송이 같은 눈을 동그랗게 피워냅니다.

이슬 한 방울 같은 자연의 큰 마음으로
흐르는 강물을 굽어보며 생각합니다.
물길을 일러주는 바람의 손길이고 싶고
옥빛 하늘을 날아오는 이슬이고 싶습니다.

포도의 사랑

고향집 뒷밭에 내리는
금빛 햇살을 머금고
송알송알 익어가는 그 향기는
언덕 너머 벌 나비도 군침을 삼키며
하루해가 지는 줄 모르고
포도 넝쿨 사이에서 길을 잃는다.

한여름 낮보다 더 뜨거운 가슴에
사랑으로 부둥켜안고 속삭이는
우리네 인생사도 알알이 맺힌 자리
세월 가는 그리움을 포도 넝쿨 위에 달아 놓고
서로의 마음을 한 몸처럼 배려한
달콤한 이야기로 익어가는 사랑이 되고 싶다.

무지개 꿈

비가 개인 하늘에 흰 구름 손을 잡고
시샘하는 햇살의 눈을 피해
순간의 꽃을 피우는 하늘의 마음
사람들 눈 속에 꿈처럼 피어난다.

무지개 속에 동심이 저절로 피어올라
그 옛날 같이 놀던 친구 생각에
그리운 추억의 향기를 찾아
바람이 불어오는 동쪽 하늘을 바라본다.

친구들아 우리 모두 꿈의 다리 아래서
하얀 구름 떠다가 종이 삼아
빨주노초파남보 곱게 색칠하여
요술 같은 꿈을 예쁘게 그려 보자꾸나.

어머니를 만난 처음처럼

세상에 나서
어머니를 만나는 아가의 울음처럼
젖 먹던 힘을 다하여 뒤뚱뒤뚱
세상길 내딛던 발걸음처럼
하루 해가 저물어도 달 뜨는 님 마중으로
봄날에 아지랑이 손잡고 일어서는 새싹처럼
벌 나비 귀찮게 날아들어도
하루 종일 웃고 있는 꽃처럼
내가 사는 이 땅 서초에서
나에게 보내주신 새 날의 인연들
아름다운 서초 사람들과 사랑으로
사물을 살게 하는 흙에 가슴으로
가까이 더 가까이
미래를 꽃보다 더 예쁜 꿈을 위하여
구름처럼 부드러운 어머니 마음처럼
바람처럼 쉴 새 없는 어머니의 손발처럼
나는 푸른 하늘 품고 가는 물결처럼
조용한 세월 같은 일꾼이 되겠습니다.

세월의 눈동자

인생 가면 갈수록 깊은 정에 젖고
조용한 숨결로만 흘러가는 무정한 세월
낮에는 사랑의 그림자로 인연 삼고
어둠 속에는 꿈의 무지개로 피어올랐다.

길 위에서 만난 삶의 보따리
쉴새 없이 불어오는 바람처럼
숨 가쁘게 흘러가는 물결처럼
하늘을 떠도는 구름처럼 세월을 따라간다.

나 여기까지 달려온 길을 돌아보니
발과 마음의 흔적은 온데 간데 없고
옛날에 걷던 길 오늘도 걸어가는 사연
두 눈동자 또 저 앞에 세월 길을 보고 있구나.

청자의 영혼

영혼이 꿈꾸는 신비한 선은
산천처럼 맑고 푸른 생동감으로
영원히 사는 혼연의 기운이 되어
눈동자 속에 가득한 청자는 세상을 비친다.

천 년의 꿈 만 년의 빛으로
바람이 태운 불에 숨결로 나서
생명의 음영을 품은 가득한 빛깔은
구름 한 조각 걷어내는 하늘 창공이 내려앉았다.

흙이 옥이 되는 그 날 이리도 순박하도다
구름무늬 물결무늬 꽃무늬 칠보무늬
세상 아름다운 만물이 다 살아 숨 쉬는
천 년 세월 희로애락 빛깔이 오늘도 타오른다.

어머니의 손사래가 날 부르는 고향
봄날의 꽃향기가 추억을 피워 주는 그리움
아직도 내 마음 속에 뒷동산 토끼가 뛰어 놀던 곳
청자 도자기 닮은 강진 사람
그곳에 세월 품은 어머니의 사랑이 있다.

바람의 길

천만 년 전에 불어오던 바람은
오늘 내가 맞이하는 이 바람과 달랐을까?
그 옛날에 불어오던 바람의 길도
지금 내가 살고 가는 이 길이었을까?

눈이 보이는 바람 흔적
귀에 들리는 바람 소리
몸으로 느끼는 바람결은
어느 누구에게나 똑같이 찾아간다.

잘난 사람에게 못난 사람에게
바람은 차별을 두지 않고
아름다운 생명의 숲을 가꾸는 손길에
세상 돌아가는 삶의 길을 돌본다.

쉬지 않고 부는 바람이 말한다.
생활에 지쳐 세상 끝이 와도
멈추지 말고 앞을 향해 가라고
흐르는 바람처럼 멈추지 않는 바람처럼.

고향 가는 길

꿈속에서는 이미 고향에 와 있었다.
하루하루 손꼽아 기다리던 시간
긴 밤도 지나가고 지루한 하루해도 몇날 며칠 넘어가고
고향의 향수를 마실 수 있는 소망의 날이 눈앞에 왔다.

세월이 세상의 섭리를 다 변하게 하고
고향 가는 길 그 설렘은 가져가지 못한 것 같다.
어린 시절 동심의 마음이 심장에서
숨바꼭질 떠들썩한 소리가 온 동네에 들려온다.

누군들 고향이 없겠냐만은
내 고향 강진은 오래된 세월이 머물러 있는 곳이다.
천 년의 혼을 지금도 간직한 영혼의 청자빛이
내 마음을 어루만지는 고향의 손길로 빨리 오라 나를 부른다.

열 손가락 속의 바람

열 손가락이 잡을 수 없는 바람처럼
세상 길 어렵고 힘들 때마다
두 뺨을 타고 흘러내리는 눈물방울
꿈결 같은 지난 추억들이 떠나지 않는다.

앞을 보나 뒤를 보나 보이는 것은
삶의 여정 길에 놓인 보따리 하나
등에 걸머메고 끙끙대는 인생길
빈 몸으로 가볍게 가는 길은 없을까?

밤 기차가 떠나가는 기적 소리
어둠도 가르고 시간도 가르며
풀벌레 소리 울어대고 개가 짖어대도
물 위를 비치는 해처럼 달처럼 그렇게 간다.

감사하는 사랑

감사의 기쁨은
자연이 이루는 물과 공기와 같은 것
사람이 살아가는 데 생명 같은 사랑이다.
세상을 살면 살수록 느껴지는 갈증과 배려다.

매사에 감사하라는 성경 말씀을 되새기니
세상 만물을 신비로운 시 속에 담아
아름다운 시어로 말을 하게 해 주니
이보다 더 행복한 일이 어디 있겠는가?

자연도 시인이 바라보면
구름이 산자락에 다가오고 즐거워하고
시인도 자연을 바라보면
감사와 기쁨이 구름처럼 피어난다.

인생의 희로애락을 겪고 듣고 말하는 시
우주 삼라만상을 창조적으로 헤아리며
심오한 세계관을 마음 속에서 꿈꾸게
시를 쓰게 해 준 스승님이 바람의 연필 같아 보인다.

나무야 나무야

나무야 나무야 너는 누가 낳았기에
바람이 그렇게 있는 힘대로 흔들어도
비바람이 미치듯 그렇게 몰아쳐도
한 번 난 자리 불리해도 손해나도
꼼짝없이 사랑으로 서 있느냐?

시샘 많은 밤 안개가 밤새도록 온몸을 감고
이슬 꽃 눈꽃송이 이파리마다 가지마다 피어나도
싫다는 미운 투정 한 번도 부리지 않고
계절마다 그들의 설렘을 담은 옷이 되어 주느냐?

어찌하면 나무를 닮아 살까?
사람에게 신이 내린 최고의 선물
흙에 내린 진실한 뿌리에 젖은 물길
햇살도 비켜 세운 하늘 향한 두 팔에
기운을 바라 나무처럼 살자.

아가야 울지 마라

아들이 아파서 병원에 다닌 지 11년
십 년이면 강산이 변한다고 했는데
그 시절 아파서 울던 어린 아이가 청년이 되었다.

울음을 참고 병원 진료를 받은 것을 보면
운명으로 받아들인 아들의 의젓함에
아들 대신 엄마의 가슴이 저려 운다.

백혈병이란 진단을 받고
밤하늘의 은하수 쏟아지듯 무너지는 순간
세상에는 아무도 없는 것 같았다.

몇날 며칠이 걸렸을까
이 슬프고 무서운 고통을
현실로 받아들이고 나서 신에게 매달렸다.

나를 통해 이 귀한 생명을 주신
이 어린 생명을 어찌 하오리까?
신은 나의 간절한 간구를 외면하지 않았다.

아들의 건강은 나이를 먹게 되었고
그 어려운 병마의 과정을 잘 참아내고 이겨내고 있는 아들아
아가야 울지 말아 그 날이 먼 옛날이 되었다.

사람의 마음

사람의 마음
무엇으로 만들어졌을까?
변화무쌍한 날씨처럼
시시각각으로 변한다.
사물을 보고 느낀 만큼
환경만큼 경험만큼 배움만큼 달라진다.

마음 속에 행복이 있고
말이 있고 감정이 살고 있다.
다른 이방인도 살고 있는 것 같다.
내 마음을 내 뜻대로 할 수 없는
멀고 험한 길이 나오기 때문이다.

마음 속에는 자연의 사계절이
피고 지며 사는 것 같다.
어쩔 때는 봄처럼 예쁜 마음
또 어쩔 때는 여름처럼 뜨거운 열정의 성격
그리고 가을날에는 단풍잎 같은 고운 마음이 불어온다.

찬바람이 불고 서리가 내리고 눈보라가 날리는

꽁꽁 얼어붙은 겨울날 같은
메마른 인정도 사정도 없는 악과 죄도 살고 있다.
사람의 마음 속에 시인이 사물을 보는
아름다운 향기만 가득 채우며 살면 좋겠다.

행복한 자유를 부른다

바람이 지나가는 길도
구름이 흘러가는 길도
물결이 흘러가는 길도
나무가 꽃이 피어 있는 자리도

세상에 존재하는 모든 것은
만물의 영장류인 사람을 위해
유형무형으로 살아 숨 쉬는 것으로
그 무엇 하나 소중하지 않은 것이 있을까?

자연은 사람을 돌보는 손길
사람은 자연을 지키는 손길
인연과 사랑의 공생관계 속에서
심오한 우주의 섭리는 운행되어 간다.

부모 품안에서 따뜻한 사랑을 먹고
우리는 이 사회의 큰 공간의 테두리 안에서
희로애락의 꿈과 희망을 키우며 살아가는
발전적인 역사의 길을 가는 새로운 창조다.

흔히들 다람쥐 쳇바퀴 돌 듯 산다고 하지만
매 시간마다 삶의 기운은 시시각각으로 달라지고
더 풍족한 내일의 세상길을 위해
가족이란 굴레 속에서 남편과 자식의 행복한 자유를 불러 본다.

사랑의 기도

어둠도 잠을 자나 보다
긴 밤을 단잠에 물들였던 시간
이 밤을 지키던 시계 초침 소리에
문 틈새로 들어오는 하루의 기운을 맞이한다.

아직 잠결에 있는 아들에게 다가가는 발걸음
이 신선한 새벽 공기처럼 아들의 건강
사람의 선물 새로운 생명을 깨우는
처음부터 다시 시작하는 소망을 속삭인다.

큰 병마와 싸우는 나날
하루 한 시도 아닌 긴 세월 10년이 넘어
얼마나 힘들고 아팠을까?
입술 굳게 깨문 말 없는 눈동자에 눈물이 고인다.

항상 아들의 병 수발에
온 가족이 매달린 기도였다.
엄마가 만든 김밥 한 줄에 꽃처럼 웃는 딸 아이
아들의 희망도 피어나리라 내년 봄날처럼.

선생님은 꿈이었습니다

선생님은 꿈이었고
세상 길 숨 쉬는 그림자였고
세월의 느낌은 거울이었습니다.

아직도 어느 날이면 나를 가르쳤던
봄 향기 사랑처럼 아이들을 좋아하신
아름다운 선생님이 꿈속에 그리움으로 나타납니다.

선생님을 보면 동화책이 생각나고
'학교 종이 땡땡땡 어서 모이자'
영혼을 깨우는 악기 소리가 들립니다.

푸른 나뭇잎 같은 남자아이들
빨강 꽃잎 볼 같은 여자아이들 보며
저절로 시가 노래가 되었을 선생님이 보고 싶습니다.

아름다운 서초 사람들

인적 없는 이른 새벽길
안개도 아직 잠에서 깨어나지 않는 꿈
바람 먼저 가고 싶은 길
살기 좋은 서초구 몽마르트 공원

하늘을 치솟는 회색 빛 도시 건물 속에
자연과 사람의 인연을 조화시키는 한불축제
산책길에 신선한 아름다움을 마시는 숲
이름도 성도 모르는 풀잎 꽃잎들이 나를 반긴다.

아침 바람은 가벼운 나의 발걸음을
살기 좋은 서초구가 한눈에 내려다보이는
문화예술이 숨 쉬는 전망 좋은 자리로 길을 부른다.
아름다운 서초구 사람들과 행복한 푸른 꿈을 가꾸어 나가리.

4

세월 걸음걸이

꿈의 세월

하늘에 구름처럼 떠다니던 꿈
풍선 하나 불어 올려 보내면
눈동자 떼지 못하고 마음까지 날려 보낸
어린 시절 소망이 저절로 이루어질 것 같은 날이다.

잠자리에서 펼쳐지는 자유의 세상
꿈 많은 소녀의 철없는 생각
대낮에도 잠에서 덜 깬 상태로
온통 사색에 젖게 하는 꽃밭을 이룬다.

어느덧 그 시절은 꽃잎 떨어진 꽃밭에
벌 나비 늦은 봄날 돌아서듯 간 곳 없고
뒤떨어진 늙은 향기만이 서성거릴 때
나뭇잎 무성한 푸른 청춘이 물들여진다.

한여름의 뜨거운 햇살 같은 꿈은
고운 단풍으로 물들인 나뭇가지마다
세월 바람에 흔들리는 중년의 걸음걸이
짐 가득 채운 황소 걸음처럼 무서워진다.

사람들과 토끼

동산에 산토끼가 뛰어논다.
공원에 집토끼가 뛰어논다.
내 마음 속에서 고향의 토끼 뛰어논다.

어디서 내려왔을까?
누군가 버려 두고 갔을까?
세상이 그리워 찾아온 산토끼일까?

몽마르트공원에 7마리의 토끼가
동화 속의 그림을 이루고
사람들의 발걸음 따라 깡충깡충 술래잡기 잘한다.

산책길에 꽃보다 어여쁜 눈동자
나뭇잎보다 먼저 뛰어 나와
반가운 손님처럼 길목마다 사랑의 인사를 한다.

사랑의 향기

향기로운 꽃이 아름답다고 한들
밀려오는 구름처럼 가슴 속에 짙게 파고드는
색깔 없는 숨결 같은 사랑이란 두 글자
영혼으로 가는 푯말로 어디든 서 있다.

세상에 숱한 가치의 눈동자들이
시도 때도 없이 사람을 유혹하지만
그 모든 것은 사랑을 이루기 위한
크고 작은 소품에 지나지 않는다.

사람의 기운을 다 가지고
울리고 웃기고 행복과 슬픔과
아름다움을 신비하게 만들어 내는
사람 마음 속에 수수께끼 같은 요술 주머니다.

들판에 들풀이 나부끼는 이유도
숲 속에 초목들이 산을 이룬 것도 사랑이니
사랑 하나로 세상의 삶을 이루는 사람들
꽃 피는 봄날의 꿈과 희망의 향기가 되리라.

설렘의 노래

그리움이야 사랑이야
나무에 매달려 가슴이 터지도록
온종일 울어대는 매미의 울음 소리
나무 이파리마다 설렘에 떨고 있다.

어디다 두고 온 님일까?
누구를 부르는 소리일까?
목청 소리 온 동네를 들썩이며
세월의 메아리 허공까지 아우성친다.

여름을 태우는 뜨거운 햇살 한 줄기
등 뒤에 엎고 날개에 쏟아져도
꿈쩍도 않는 자리 숙명의 기다림으로
님을 발걸음 어디서 듣고 올 것인가 오매불망이다.

세월이 된 지리산 시인

불길보다 뜨거운 햇살
나무 이파리도 지쳤나 보다.
사람 마음보다 빨갛게 타 버린
폭염 열기 36도가 넘는 불볕 태양이 터진다.

천왕봉 메아리 소리 바람 따라
지리산 골짜기 계곡 물에 울리는 시간
천왕봉을 지키는 세월 먹은 늙은 바위
가쁜 숨결 몰아쉬며 산봉우리 흰 구름 한 점 바라본다.

영혼의 이야기가 머물러 있는 민족의 영산에서
시처럼 사람처럼 세월처럼 기도 소리
어머님의 소원을 빌어낸 아름다운 사연을 담아
땀방울 하나 이슬방울 하나 꿈을 실어 보낸다.

돌아오는 메아리 소리도 없는데
눈물 같은 옹달샘 하나 없는데
누굴 찾아 하늘로 올라가는 걸음걸이일까
시인도 없는 서러운 기도 소리 스승의 얼굴을 바람만이 감싼다.

우면산의 꿈

동화 속 그림 같은 우면산 봉우리
한 발 두 발 내딛는 발걸음에
자연의 푸른 숨 소리를 품고
한 눈에 거울처럼 들어오는 서초가 행복하다.

오랜 시간이 흘러가고 머물면서
아름다운 사연들을 품고 있는 나무들
물 소리 새 소리 풀벌레 소리
흰 구름 풀어 놓은 맑은 공기 나를 반겨준다.

사람들의 땀방울 빗방울 모두가 한 몸이 되어
서초의 사랑과 소망이 무지개처럼 피어나는
이슬방울 머금은 산 메아리가 살아가는 꿈
그리운 가슴 우면산 숲 속 사이로 햇살이 든다.

초승달 생각

은하수 야생화처럼 피어나는 밤하늘
초승달 이웃집 소녀의 눈빛처럼
하얀 구름결 옆자리에 앉은 자태가 곱다.

얼마나 깊이 저물고 기울면
어둠 속에 길을 찾아가는
말 없는 눈동자 고요한 사색에 젖어 있다.

무엇을 그리는 꿈일까?
세월 가는 길목에 등불 하나 켜 놓고
사람의 손길 소원 하나 들어 주는가?

강물 위에 떠가는 달 그림자 초승달
언덕바지 들꽃 잎과 속삭이는 그리움
하룻밤 정분에 달린 초승달이 웃고 있다.

어머니와 보름달 향기

꽃잎 같은 초승달 하늘에 피면
아가 은하수 하나 둘씩
구름 사이사이 끼어들어 눈을 뜹니다.

바람도 잠든 고요한 밤하늘에
꿈을 그려 가는 상상의 그리움
어머니가 달아놓은 보름달이 떠오릅니다.

금빛 은빛 반짝이는 향기 품고
하늘 저편 님에게 전하면
어둠 속에 숨어 있는 님의 얼굴 볼 수 있을까요?

이슬방울 새벽의 기척을 울리고
달이 기울어 나뭇가지에 걸리면
소원 색깔 보름달 향기 마음 속까지 피어납니다.

시가 명상하는 노래

한여름 밤 매미 소리와 밤을 지새웠던 기다림
지리산 폭포의 힘찬 물줄기 노래 소리 들려오면
그 날의 영상은 나에게 시를 쓰라는 설렘의 감동으로 다가왔다.
여행을 한 번 다녀온 사람과 백 번 다녀온 사람이
자연과 세상을 보는 견문은 분명 다르다.

시인이 사색하는 것은 단순한
여행의 의미하고는 또 다른 깊은 세계가 있다.
이제는 시가 있는 곳 자연이 있는 곳에는
시인의 사색을 내려놓고 시를 쓰리라.

시간은 누구에게나 똑같이 지나간다.
그리고 한 번 가면 돌아오지 않는다.
시작이 반이라는 의미
삶에 있어 미래를 결정하는 진실한 원칙을 비로소 알았다.
편하면 편한 대로 바쁘면 바쁜 대로
바람처럼 구름처럼 사라지는 것은 시간이다.

명상의 시간 마음 한 구석 숙제가 절박한 느낌으로 다가왔다.
스승님의 애절한 뜻을 헤아리지 못한 점 가슴 아프다.

그 더위에 지리산 노고단 반야봉 천왕봉까지
어느 누가 그렇게 할 수 있겠는가?
나는 그 은혜의 공로를 평생 갚을 길 없을 것 같다.
그렇게 스승님은 온몸으로 혼신을 다해
감동적인 교훈자임을 깨우쳐 주었다.

사계절 산을 보는 진실이었다.
나는 이제 그 속에 새 소리 물 소리가 되고 싶다.
하얀 구름처럼 산의 품에 안기고 싶다.
쉴새 없는 부지런한 바람의 손길 따라
시가 저절로 나오는 메아리가 되고 싶다.
여름날 태양보다 뜨거운 스승님 사랑의 숨결 속에
시가 잉태되어 가는 생명의 옹아리 노랫소리가 되고 싶다.

우리는 여자다 어머니다 사랑의 자유다

세월도 계절의 자리를 가져가지 못한다.
자연이 꿈꾸는 봄 여름 가을 겨울은
세상보다 큰 어머니의 사랑이다.

봄날 꽃이 피지 않고 향기가 없으면
봄 속에 벌 나비 어디로 날아 가겠는가?

여름날 빨간 햇살을 식혀 줄
푸른 나무 이파리가 없으면
산 메아리 소리 어디서 울려 주겠느냐?

가을날 오곡백과 익어 가는 풍년의 이야기 들려와도
울긋불긋 단풍잎 물들지 않으면
비단실 같은 황금 빛 곱다 하겠는가?

겨울날 찬바람 살점을 도려내듯 에어도
하얀 눈꽃송이 춤추지 않으면
눈물방울 얼음 속에 갇혀 있지 않겠는가?

우리는 봄날의 꽃향기요.

여름날의 푸른 이파리요.
가을날의 고운 단풍잎이요.
겨울날의 하얀 눈꽃 송이라.

사시장청 늘 푸른 소나무의 절조로
생명을 잉태하는 꿈으로
사람을 위해 세상을 위해
정치를 아름다운 시처럼
세월보다 긴 자유의 이름으로 불려지는
우리는 여자다. 어머니다.
사랑의 생명이다.

세월 걸음걸이

세월은 무슨 걸음으로 갈까?
구름의 걸음일까?
바람의 걸음일까?
물결의 걸음일까?
아니면 사람의 걸음걸이 정도일까?

어쩔 때는 거북이 같고
어떨 때는 토끼 같고
또 어쩔 때는 번개 같고
또 어쩔 때는 가로수 나무처럼 서 있고
흔적 없이 밤새 오고 가 버린다.

세월의 시작점은
어디서 출발했을까?
그리고 그 끝은 어디일까?
꿈속의 시작과 끝을 모르듯
세월의 그 속을 누가 알겠는가?

사람으로 나서 이렇게
한 세상 살아가는데

어찌 세월 길의 정체를
속 시원히 알고나 가고 싶지만
어둠 속에 그림자 속보다 더 답답할 노릇이다.

인생길 생과 사

사람이 세상에 나서
멀고 긴 생의 길에
바람도 갈까? 구름도 갈까? 저 물결도 사람처럼 갈까?
알 수 없는 수수께끼 조화 속
꾸어도 꾸어도 깨지 않는 꿈이런가 싶구나?

세상살이 둘레가 끝도 갓도 보이지 않아도
어찌 예술보다 길고 먼 길일소냐?
현세에서 내세로 그리고 영혼을 넘어서는
인생의 깊은 사고의 상상 속에
사람의 모습이 가련하게 보인다.

봄날에 화려하게 피었다가
비바람에 떨어지는 꽃잎처럼
두 손 불끈 쥔 손에 생의 씨앗 움켜쥐고
빈 몸뚱이 꿈을 채우려고 발버둥치다가
영롱한 아침 이슬 햇살에 사라진 흔적이다.

초로와 같은 시간 누가 저 햇살을 막으리요?
찬바람 불어오는 가을 들녘에

풀벌레 우는 소리가 서글피 울어대니
겨울이 오는가 싶도다.
하얀 눈발이 내린다.
인생길도 그러하거늘.

가을 가는 달빛

여름 내내 목청 돋워
입술로 울던 풀벌레 소리
가을 가는 첫 바람결에
가슴 속에 스며든 애닮은 사연이다.

이슬 젖은 풀잎 물고
밤새워 울어대는 세월의 그리움
어둠이 깨어날까 숨죽이는 가슴에
꿈속을 떠나는 추억만 남아 있다.

눈에 보이고 손에 잡힌 바람 소리
명상의 달 그림자 구름 타고
마음 쌓인 산마루에 내려앉아
세상을 향한 영원한 미소를 짓고 있다.

가을빛 웃음

세월의 눈동자 햇살이 그려놓은
자유의 물결이 익어 가는 들판
철 따라 오는 손님 발걸음 멈추니
농부의 마음이 환한 웃음으로 펼쳐져 있다.

가을바람에 춤을 추는 환희
자연의 땀방울 이슬이 피어나고
소망 하나 놓치지 않는 숨 소리마다
사람의 손길에 피어나는 삶의 꿈이다.

하늘에 뭉게구름 꽃밭을 이루고
풍년의 설렘이 단풍에 얼굴을 붉히며
인정도 욕심도 섭리 따라 채워질
들풀과 어우러진 들국화가 아름답다.

하루의 얼굴

하늘도 하얀 구름으로 얼굴을 씻고
세상 길 바라보는 맑은 모습
이슬 머금은 나팔꽃처럼 삶의 길에 나를 반긴다.

수줍은 손길 옷자락에 다가와
발길 거들어 주는 바람의 소리
햇살을 따라 삶의 자리를 찾아 나선다.

이런 저런 모양새 미소와 향기가
사람들의 사이사이에 어우러져
하늘 빛 태양도 세상의 희망을 아름답게 물들여 간다.

철 지난 계절이 어디 있으랴?
꿈을 잃은 인생이 어디 있으랴?
밤낮으로 해와 달이 오고 가고 있지 않는가?

가을 나들이

파란 동화가 살고 있는 나라
동네 동네마다 뭉게구름마다
아가 구름 엄마 구름 손에 손을 잡고
세상 나들이 미소 무지개 다리 펼쳐진다.

하늘에 오를까 나무에 오늘까?
풀벌레 소리 실은 고추잠자리 날개
햇살 한 모금 살포시 내려앉아
가을 오는 길손 세월의 눈빛이 된다.

들국화 피어 있는 들판길
바람도 얼굴을 씻고 그 옆에 앉아
가을 이야기 그려 가는 동심의 꿈이 되어
사색에 젖어 가는 시인 가을을 말한다.

가을의 몸짓 산울림

영혼의 가슴을 펼쳐놓은 지리산
세상 가는 이야기 소리 멈추어
철 지난 나뭇잎 부둥켜 안고
오가는 세월 불러보는 산새들
산 메아리로 울려 퍼지는 그리움이다.

가을의 향기가 구름 살처럼 내리는데
아직도 여름날 추억에 젖어 있는
쉴 자리 없는 계곡 물결의 가쁜 숨 소리
절절한 사연 하나 머물지 못하고
바위 등 뒤에 숨은 님의 설렘 흘러간다.

산천의 꽃 봉오리 노고단 품은 흰 구름
바닷길에서 날아오고 하늘길에서 내려앉아
하루 종일 고요한 꿈의 몸짓으로
이름 모를 야생화 님이라 부르며
자연의 수묵화를 그려가는 눈동자이다.

가을 이야기

어머니 얼굴 닮은 보름달 타고
푸른 하늘에 하얀 구름 돛대 거닐며
세월의 그리움을 물들이는 가을의 눈빛
나뭇잎마다 고운 색깔 산천의 사랑을 말한다.

솔잎 사이로 스며드는 청아한 바람결
비단실 같은 햇살 머금은 들풀 옆에
단풍의 웃음 소리 이슬에 내려앉으면
사방에 들꽃이 피어나는 그리움이 들려온다.

연인의 발걸음처럼 짙어 가는 길
산마루에 오른 산산한 아침 눈빛
자연을 말하는 메아리가 울려 퍼질 때
낙엽 하나 떨어져도 이별이라 말하지 않는다.

널따란 들판을 지키는 허수아비
한 발자국 움직일 수 없는 몸일지라도
꿈속에서는 참새보다 먼저 입을 벌려
사색이 피어나는 시인의 가슴 속에서 노래 부른다.

5

꽃처럼 살련다

스승의 길

달도 별도 없는 캄캄한 어둠에
개똥불 만한 한 줄기 빛을 보며
꿈속에 꽃도 잠들지 못한 나무도
번쩍 눈을 뜨고 하늘을 바라봅니다.

하룻밤의 길이라기에는
온 세상을 가고도 남을 멀었던 밤길에서
새벽의 동트는 여명의 눈동자
영혼까지 비쳐질 사랑의 불 스승님을 만났습니다.

구름처럼 하늘에 머물지는 못해도
꽃잎을 흔들고 나뭇잎을 깨우고
어느 순간 잠깐 스쳐 가는 바람처럼
선생님의 긴 숨결은 내 마음을 움직였습니다.

흘러가는 물결과 타오르는 불길과
허공을 나는 새들과 땅을 기는 개미와
알을 낳고 죽어 가는 연어도
약속을 이루는 진실한 스승의 길입니다.

긴 세월의 사랑

붉게 타오르는 욕망을 참아내며
모르는 척 얼굴을 돌려 가는 긴 세월의 강
노젓는 손길 아무리 바빠도
시간보다 빨리 갈 수는 없고
신비한 계절의 바람 따라 밤낮을 새며 갈 뿐이다.

물속에는 고기들이 살고
공중에는 새들이 사는데
사람들은 짐승하고 같이 땅 위에서
인내의 한계를 넘는 불길 같은 감정이 터져 버리면
사람이나 짐승이나 똑같은 맹수의 얼굴이 되고 만다.

어차피 세상에서 어울려 사는 숨 소리
운명의 그림자 곳곳에 흔적을 남기고
솔솔 부는 봄바람에 노래하는 나뭇잎도 있지만
찬 서리 눈보라에 매달려 몸부림치는
가지에 맺은 정을 놓지 못한 아슬한 사랑이 있다.

첫 사랑 꽃향기

사랑이 꽃처럼 피었습니다.
맨 먼저 매화꽃으로 피었다가
개나리 진달래 민들레 들국화로
아름다운 몸짓의 언어를 찾아
밤낮으로 사랑을 만들어 갑니다.

손이 시렵고 발이 시렵고
얼굴이 아려온 추운 겨울날에도
하얀 눈꽃의 순정으로
빨간 동백꽃으로 열정으로
사랑을 위해 쉬지 않는 꿈을 꿉니다.

사랑이 봄날 꽃향기처럼 풍겨오고
사랑이 여름날 푸른 바람처럼 불어오고
사랑이 가을날 고운 단풍처럼 익어가고
사랑이 겨울날 하얀 눈처럼 쌓여 옵니다.
첫 사랑의 씨앗이 숨 쉬는 세월입니다.

세월의 향기

꿈도 잠을 깨우는 새벽길
맑은 이슬방울 꽃잎을 만나
애타는 그리움을 품었고
푸른 하늘 붉은 햇살을 사랑으로 태우며
밝은 낮에도 불꽃 송이 사랑이라 부른다.

해도 기울고 노을이 피어오르면
님을 위한 향기 밤안개에 실어
달이 뜨는 쪽 바람을 따라가다 보니
짝 잃은 기러기 날갯짓 강물에 비쳐질 때
빈 논배미 지키는 허수아비 설움에도 어둠이 온다.

봄날이 갔어도 꽃이 졌어도

꽃
봄날이 다 가도록 너만 예뻐했다.
한두 번은 여인보다
아름다운 이름으로 불렀다.
너의 몸짓은 꿈속에 빠진 사랑의 숨결이었다.

말동무 없는 벙어리 세월도
이슬 굴린 산메아리처럼
고운 향기 속을 파고들어
꽃잎 사연 물들여진 착한 자리
차마 발걸음 하나 남겨 놓고 뒤를 돌아본다.

봄이 갔다 느껴 봐라
사랑이 무어냐고 누구에게 물을 거나?
푸른 이파리 햇살 감추기 바쁘고
진달래 꽃 자락 거닐던 산천 바람
바위에 떨어진 물방울 보듬고 얼굴을 숨긴다.

봄날이 갔어도 꽃이 졌어도
말하지 마라 눈을 감아라

사랑을 여미는 바위 품에
영혼을 씻어 줄 그리움 가슴
비가 온다. 비가 온다.

물을 보라

산산이 부서진 물이다.
어디 절망이 있더냐?
떨어뜨린 바람보다
더 빨리
그냥 말 없는 생명이 된다.

가장 더러운 곳에 몸도 섞어
마음도 준다.
흙 속에서 꿈을 꾸고
외로운 어느 돌멩이 만나면
눈물을 풀어놓고
부드러운 눈빛 떠날 줄 모른다.

낮은 대로 또 아래로 밑으로
겸손하고 진실하다.
막히면 돌아가고
심술 궂은 모난 돌멩이 만나면
기어코 뚫고 마는 불멸의 힘이다.

흐르지 않으면 내일이 어디 있겠느냐?

행복이 희망이 어디 있겠느냐?
삶도 흐르고 인생도 세월 따라 흘러간다.
그래도 물결처럼 흘러야 진실로 산다.
그래야 아름다운 생명으로 오래 산다.

봄날의 풍경

꿈나라 그린 봄꽃들의 얼굴에
자연의 색깔이 웃는 향연 무대가
빨주노초파남보 진한 사랑도 있지만
하얀 웃음은 봄날의 상상을 펼치고
세상을 환상에 젖게 하는 풍경입니다.

못 생긴 꽃 숨어 있는 꽃 없고
향기 없는 꽃이 바람의 자극 속에
새벽이 될까 눈감기 두려운
꿈의 여행길에서 불러보는 환호 소리는
그 누구를 저렇게 사랑하고 있을까?

어느 여인의 향취로 그려놓은
황홀한 그림이 세상의 벽 사방에 걸려
천지를 노래하는 무희의 몸짓으로
세월 가는 바람 나그네 길목에서
얼굴을 공중에 내밀며 님 마중하고 있습니다.

봄이 남긴 세월

꿈속에도 머물었던 꽃들의 얼굴
자연이 물들인 색깔마다 웃는 모습
별별 사랑과 그리움을 그리고
향기로운 눈동자 하얀 미소가
신비로운 환상에 젖은 풍경 소리가 들려온다.

잘 생긴 꽃이라고 산에 피고
못난 꽃이라고 들판에 피지 않고
다툼도 없이 서로의 생리를 찾아
달처럼 별처럼 어우러지는
꿈의 여행길에서 사람들과 같이 살아간다.

무엇을 위해 누구를 위해
저렇게도 빨갛고 노랗게 색깔마다 피어나는
짧은 환상 속에서 눈물이 나도록
숙명을 버리는 사연을 버릴 수 없어
내 생애 사랑을 만든 꽃으로 심어 놓겠다.

울 밑에 선 봉숭아

어찌 그리 빨간 예쁨으로
짧은 꽃잎 생애 떨어지기 전에
소녀의 손가락에 다시 피어나
한여름 뙤약볕을 눈빛으로 삼느냐?

봉숭아 붉은 영혼
내 살결에 숨 쉬는 무늬가 되어
그리움의 날짜를 새겨놓고
꽃이 피고 져도 순정 두고 세월만 간다.

울 밑에 선 봉숭아
여자의 살결에서 지워질 때면
찬바람 곱게 품은 가을 들녘에
홀로 선 들국화 달빛에 물들인다.

사람 같은 꽃

시냇물이 저 소녀 마음처럼 맑다.
풀잎이 저 소년 생각처럼 푸르다.
선한 사람들이 봄처럼 살고 있는
아름다운 동네가 어디 있는 것 같다.

사람이 꽃이 되려 한다.
꽃이 사람이 되려 한다.
때 없이 시들어 가는 꽃
때 없이 늙어 가는 사람
모두모두 세상에서 같이 산다.

낮과 밤 사이
해와 달이 빛과 어둠을 만든다.
사람도 꽃도 빛이 돋아나면 얼굴을 편다.
그 속에 아름다운 생명이 산다.
사람도 살고 꽃도 산다.

봄을 잃은 사람들

부지런한 바람에 날리는 자연의 흔적들
쉴새 없이 숨 쉬며 살아가는 사람들
무엇을 가꾸며 누구를 위해 사는 걸까?
봄날의 가슴은 민둥산인데
봄꽃처럼 피어나려고 나비를 잡는다.

마음의 하얀 색깔을 잃고
향기만 휘날리는 꽃잎만 바라보는
철 지난 사람과 사람들
봄날은 저렇게 날아가는데
봄 꽃잎 하나 붙어 있는 가지를 꺾는다.

여운과 미련과 후회를 돌아보는 삶
희로애락 어우러지는 자유의 길을 잃은 채
검은 누더기로 덮인 눈을 달고
욕망의 세월을 만지는 사람들
공기를 몰고 온 바람도 뒤돌아서 물을 타고 간다.

추억의 벗들아

살다 보니 추억이 미래보다
더 긴 세월을 살아왔다.
가물가물한 옛 정취마저
꿈속 길에 서 있는 나무처럼
흘러가 버린 그 자리를 묵묵히 지키고 있다.

그 날의 친구들은
지금 어디에서 무엇을 하고 살아갈까?
나처럼 그 시절 그리워하며
앞은 보지 않고 뒤만 돌아보는
추억의 그림자를 찾아가며 살고 있을까?

흘러가 버린 세월이 애처로워
어린 시절 소년 소녀 닮은
초승달 하나 마음에 달아놓고
들풀처럼 자라나던 꿈같은 벗들을 불러
밤하늘에 별빛으로 영원히 눈 속에서 피어나자.

봄날이 웃느냐 꽃이 웃느냐

진분홍 그리움을 움켜쥔 복사꽃
돌 틈 사이 소박하게 피어나서
이른 아침 햇살 한 입 물고
길가에 꽃들의 눈길을 받으며
봄 아가씨 꿈꾸는 자리를 찾아간다.

연분홍 진달래 설렘을 바라보며
일찍이 바람난 산천 바람에
임자 없이 떠도는 사랑을 품고
물오른 눈망울 이슬방울 옆에 앉아
봄이 가는 이야기를 솔잎에 들려준다.

누가 누가 물들여 줬을까?
하얀 색깔마다 고운 옷
말 없는 공기 속에 피어나서
마음까지 들려오는 향기 소리
봄날이 웃느냐 꽃이 웃느냐?

아름다운 사연들이 날아가는
물결 위에 구름 위에

그 모습 속에서 세월이 가고
사람의 행복이 추억으로 가더라도
님의 얼굴에 봄날이 쉬고 있다.

봄비 닮은 시 한 수

꽃잎에 설렘으로 아롱진 봄비
감추어진 신비로운 그림자의 눈물
이별도 슬픔도 외로움도
봄비 맞으며 사랑을 낳은 생명을 본다.

맑은 하늘에 님 오는 그리운 소리 그치면
보리밭 논두렁 추억에 앉아
한가로운 시냇물결에 장단 맞추는
종달새 노래 소리 옛 동무를 불러준다.

나비 날개에 젖은 빗방울
봉숭아 꽃잎에 내려놓고
동네 처녀들 눈빛을 찾아
때늦은 아지랑이 사랑으로 타오른다.

마음 속에 꽃비 묻혀 주는 어젯밤
첫 사랑 그 님은 찾아오지 않았지만
봄비는 소리 없이 철 따라 꽃잎의 옷깃을 만지니
비에 젖은 달빛에 시 한 수 지어 꽃으로 피워 볼까나?

세월을 보는 눈

세월을 보는 눈
석양빛을 부둥켜안고
저 멀리 구름 한 점 바라보며
옛날을 생각하는 일이다.

겹겹이 쌓인 검은 먼지를 거치며
낡아빠진 신발을 고쳐 삼은
길고 긴 인연의 발자국을 찾아서
미친 듯이 달려가는 바람의 숨 소리다.

고름이 굳은살이 되어
맑은 피가 흐르는 살결은 상처 내고
욕망의 굴레 속을 벗어나
구정물을 햇살로 빨아내는 몸짓이다.

바람과 꽃들의 노래

징검다리 돌아 물 흐르고
구름은 바람 따라 이리저리 돌고 돌며
끝내는 세월 따라 가고
지는 해는 서산 넘어
아침에 떴던 자리로 밤새워 돌아간다.

인생 삶의 봇짐이 무겁다고
내려놓을 수가 없고
말로도 눈으로도 귀로도
만족할 수 없는 꿈 많은 사연들
비틀거리는 바람을 잡고 세상길에 나 혼자 서 있다.

욕심으로 가득 채운 마음
무엇에다 쓸까? 어디다 쓸까?
그러다 저러다 사랑땜도 못하고 죽고 마는데
또 더 좋은 새 것을 찾아가는 그 눈동자
짐승의 먹이사슬 목에까지 차올랐다.

봄날에 꽃은 피는데
산들바람 흔적은 돌 틈에 숨었는지

사람의 선한 그림자 어디에서 만져볼까?
사람의 지혜의 꽃은 피어나는데
시들어가는 꽃잎 하늘 보고 웃는다.

옛날의 봄

봄이 왔어도 봄이 왔어도
내가 살던 고향은 어디 갔을까?
옛날 옛날 고향 들녘에
누이동생 나물 캐는 손끝을 찾아와
흙냄새 수줍어하는
봄의 향기를 맡고 싶다.
서산마루 넘어가는 해 그림자
동화 속의 이야기를 풍경화로 그리며
푸른 빛 사랑이 내 가슴처럼 흘러가는
하늘에서 세월을 잡는 새 꿈을 꾸고 싶다.
하얀 아가 구름 새 소리 물 소리에 한눈 팔다
엄마 구름 놓쳐 버린 눈물을 흘리고 싶다.
지붕 위에 달그림자를 만나
우리 어머니 소원
얼마나 채워졌는지 알아보고 싶다.
동무들의 이야기
돌담길 사이에 숨겨 두었던
그 세월의 노랫소리 찾아 듣고 싶다.
울타리 너머 예쁜 누이
물길은 저고리 자락 물동이에 여울지는

그 무순한 모습을 눈에 넣고 싶다.
옛날은 꿈속에도 가고 없는데
봄 향기 내 것이 없는 이 날에
미동도 없는 구름 한 점 바라보며 더 먼 세월을 간다.

시인과 꽃잎 하나

새 소리 가벼운 마음으로
사월 사연 개나리 꽃잎에 물고
날개 달린 봄 인사를 드립니다.

솔잎 바람 소리 얼굴을 씻고
곱게 물들인 진달래 꽃 꿈들이
소년의 가슴에 피어납니다.

꽃이 피고 지는 이유를
꽃잎이 물에 젖어 울부짖는
서러운 비명 소리 듣고 알았습니다.

꽃잎 하나에 사랑 하나
님은 산천에 꽃잎으로 나서
시인의 생각에 새긴 숨 소리였습니다.

연분홍 옷자락에 숨긴 봄날이 가도
그 처녀 가슴에 남긴 설렘이 터져 나와도
시인의 글자는 봄처녀 마음에 사랑을 가르칩니다.

6

마음에 피는 인연 꽃

봄날의 상상력

꽃망울 속 수줍음
어젯밤 꿈속에 숨겨 놓고
봄빛으로 그려낸
꽃들의 상상력
산천의 웃음으로 피어나
내 동무 놀게 하는
바람이 된다.

새처럼 날아가는
봄날을 가슴에 안긴
생명의 이야기들
햇살보다 먼저 일어나
저마다 새 소리 입에 물고
이파리 손에 묻힌
이슬로 향기를 풍긴다.

세월은 가도
어찌 시인의 봄날이 가겠느냐?
사람은 가도
어찌 시인의 사랑이 가겠느냐?

나는 추억의 징검다리를 디딘
님의 고향 땅에 앉아
어머니의 봄을 보고 있다.
시심을 만지고 있다.

사람의 세월

낮과 밤이 쉴새 없이 가고 온다.
날이 가고 달이 간다.
정해 놓은 삼백 예순 날이
해와 달이 주거니 받거니 시간을 만든다.

오는 님 가는 님
사람을 위한 사랑이다.
하얗게 눈 덮인 산에
숨구멍을 남겨두고
흘러가는 물 소리 보라
누구를 닮았나?
눈은 하얗고 물은 투명하다.

눈은 눈이고 물은 물이 아니런가?
들풀을 보라
숱하게 짓밟혀도 사람보다 오래 산다.
나목도 베어내고 비바람에 몸부림쳐도
때가 되면 새움에 꽃이 핀다.
사람도 숨구멍에서 새움이 돋아난다.
그 소리 보이고 들리는 사람은 사랑이다.
사람의 세월이다.

그리운 영혼

님을 향한 그리움
하늘에서 구름 속에 이슬로 앉아
영혼 속에 조용히 사랑을 부르며
아무도 보지 않을 어둠을 기다리고 있을까?

기다리다 지쳐 잠이 들면
길도 없는 꿈속을 찾아
님의 귀한 사랑 어디다 남기고
사람들의 눈을 피해 흔적 없이 사라질 건가?

날마다 바람에 흔들리는 들풀처럼
그리운 징검다리를 느끼게 하지만
꿈속에서 약속한 님의 표적을
바람이 남기고 간 입맞춤으로 영혼을 본다.

꽃처럼 살련다

시인은 말한다.
눈에 꽃보다 아름다운 것은 못 봤다.
나비 날갯짓을 보라
벌 노래 소리 들어 보라
얼마나 좋으면
온몸으로 날개 젓고
입술 울리는
찬양가를 부르지 않더냐?

눈이 빠지도록 바라봐도
단 한 번 얼굴 찌푸린 적 없고
불보다 붉고 밝은 미소 속에
사람들의 눈빛을 담아
누구에게도 차별 없이
착한 아름다움 향기로 말한다.

몸 속에 있는 향기
끝내 다 내주고
짧은 미명으로 살다
바람에 세월에 떨어지는 꽃잎

사람 발에 짓밟힐지라도
심성이 얼마나 예뻤으면
그 날이 오면 또 꽃으로 피어나서
진실로 사람을 바라본다.

머물지 못하는 인생

사람의 도리가 뭔지 모르고
정 하나 준 것은 낚싯밥이요
욕심은 그물에 가득 채운 고기를 바라보며
세상길도 없고 삶의 발걸음도 없었던 내 영혼
눈먼 봉사가 되어 착한 세월을 못 보고 살아 왔다.

육신의 몸에 덕지덕지 붙어 있는
더러운 잔재를 먼지처럼 털지 못하고
잠시도 머물지 못한 춤추는 인생의 강을
구름처럼 머물다 비가 되어 슬퍼할거나
조각배처럼 떠다니다 형체 없이 사라질거나?

인생이 낙조같이 곱게 물들려면
부평초 사랑처럼 긴 기다림으로
자유로이 여울지는 인생의 흐름을
꽃처럼 잎새처럼 단풍처럼 눈송이처럼
욕심은 버리고 정은 가슴에서 내주며 사시게나?

사람 누구에게나 써도 닳아지지 않는
곱디고운 사랑 천성 하나 있다네

창조주의 오묘한 신비와 진리 앞에
무릎 꿇고 두 손 모아 마음을 씻어버리고
사람의 사랑 눈 하나 달고 춤추듯 걸어가 보세.

사람의 자리

날마다
해 한 걸음 따라
둘레가 없는
내 마음 한 뼘에
몇날 며칠
밤샐 꿈을 담고
가는 길을 잡아 매어
시간을 물으니
오늘도
말이 없는 눈빛이
애타는 벙어리 가슴 속 태우는
사람의 자리에
무수한 세월만 흐른다.

머문 님의 편지

바람이 어딘들 못 가리오만
아주 가끔씩 어쩔 때는
내 마음 찾는 길을 잃었는지
그리움도 눈 감고 있는 밤에
귓속을 간지럽히는
머리카락 향기 하나도
불어주지 못한 이야기
누구의 꿈 속에 머물까
상상의 눈동자가
바람을 바라보는데
물결에 마음 담근 둥근 달
바람이 바람이
손이 짧아 흔들리지 않고
바라만 보고 있답니다.
머문 님의 편지.

생각의 환상

삼라만상이 내 생각 속에
여울지는 물방울 하나처럼
고요한 호수에 갇힌
그 속에서
초승달을 하늘까지 태워
세월을 맑게 닦는
생각의 환상은
하늘 거울을 달아둔다.

사람의 마음에
사랑을 공기처럼 불어 넣고
만물이 속삭이는 환상을 꺾어
숨 쉬는 손에 쥐어주면
이슬 꽃잎 떨어지지 않고
나는야 반짝거리는
착한 그리움으로
순한 그림자를 본다.

노을빛 순정의 언어

봄날을 그리다 그리다
하늘빛으로 꽃을 그렸다.
미명 따라 색깔 번짐의 사연
누굴 기다리는 해거름일까?

구름마저 흘려 버린
서산 꼭대기 넘어 숨고
바람마저 강물 위에 나룻배 띄워
입 크기에 담을 수 없는
한 마디 언어가 어디 있을까?

사물의 옷깃을 여미는
산천의 그리운 시공을
흰 종이 초탈한 은유까지
무변한 만상의 이치를
노을빛 순정이 언어를 그리다.

산처럼 사람의 사랑을 넘다

그리움은 저 눈 앞 강 건너에 있고
사랑은 이 발 밑에 그림자로 있으니
너는 강 저편에서
나는 강 이편을 바라보며
마음에 가로놓인 강줄기 따라
물 젖은 낙엽의 사연만큼이나
바람 쉴 날 없는 세월 놀음만 하고 있다.

인생 삶의 업보는 생명이니
그 아우성치는 숨 소리 앞에
너는 물질의 편의주의를 내세운 행복을 말하고
나는 의식의 인간적인 아름다운 도리를 말하며
아웅다웅 사람들의 갈등의 차이를
바람 스미는 문풍지만큼도
하난들 좁히지 못하며 살아가지 않더냐?

그러다 저러다 서로 서로
한 사람은 겨울같이 살고
한 사람은 봄같이 살고
어느 사람은 여름같이 살고

어느 사람은 가을같이 살다가
바람 한 점에도 대꾸 못하는 낙엽을 바라보며
철 지난 허수아비 옷 한 벌만 걸친 채
얼굴에 맞지 않는 광대 탈 하나 쓰고 산다.

겨울날 눈송이도 돌아앉을 그 사람들
예쁜 꽃도 참 아프겠다.
노래하는 새가 참 슬프겠다.
향기 실은 봄바람도 참 힘들겠다.
그 까닭을 어찌 알겠소?
자신의 마음을 떠나 보지 않은 사람들이
아름다움인들 행복인들 사랑인들 또 어찌 알겠소?
산 산 산 산처럼 살가는 자연의 마음을 어찌 알겠소?

매화꽃 첫 사랑 여인

풀잎을 바라보며 옷깃을 여미고
화려한 꿈의 자태
바람의 손에 담아
산천에 뿌려진 꽃들의 분단장 소리
곳곳에 향기가 노래하는 입술이 예쁘다.

매화꽃 사랑의 인연
찬풍으로 맺은 눈송이 품에 안겨
시샘하는 아픈 세월 이겨내고
달빛 속에 감춘 그리운 절개
봄날을 찾아 님의 씨앗 뿌렸다.

사람들 마음 속에 먼저 피어
봄길 가는 햇살 한 모금
순정을 담은 매화를 보고
차 한 잔 바람 한 점에
님의 얼굴 시 한 수에 피워 본다.

꽃으로 바꾼 몸이여
향기로 내준 마음이여

내 눈에 매화꽃 가득 차 오르니
순결한 사랑의 절개가
첫사랑 여인으로 피어난다.

사람의 색깔

세월도 가고 사람도 가고
사랑도 그리움도 가 버리면
모양새 없는 흔적 속에
추억 하나 생기지 않을까?

어느 날 우연히도
내 마음에 떨어뜨린 꽃 잎
향기도 피어나기 전에
숨도 못 쉬고 죽어간다네.

누군들 빈손으로 갈 길
어찌 이슬방울 속에
검은 그림자를 그려 넣는가?
눈 깜짝할 사이에 사라질 망상인데 말일세.

되돌아설 수 없는 길가에 서서
임자 없이 떠돌아다니는
저 바람 한 번 잡아 보게
물질의 탐욕이 바로 그런 거 아니겠는가?

햇살 바른 흙을 밟은 나무 아홉보다
저 비탈진 흙바닥을 운명이라 탓하지 않고
돌 틈을 파고 들어서라도 살고 싶은
꿈속에서 숨어 우는 생애 눈물을 한 번 보았는가?

사람 마음이 오만 가지 색깔이라지만
세상의 마음을 풍경화처럼 그려 가는
화색같이 섞여질 색깔 따로 있고
담벼락 잘못 색칠한 페인트 같은 색깔도 있다네.

마음에 피는 인연 꽃

달빛 같은 여인의 마음
꽃망울로 그려 놓은 듯
노오란 지리산의 얼굴
봄날을 꿈꾸는 목 소리가
길손의 그림자도 일어서고 있었다.

첫 손님 편지 산천 바람 일고
숫처녀 숨결을 닮아 갈 때
사람들 발길 머무는 곳에
구름 속을 벗어난 달빛처럼
고요한 연꽃 향기 마음에 피어났었다.

까만 바지 검은 신은 칠흑 어둠 같았고
하얀 저고리는 자비 내린 연꽃의 얼굴이어라
살짝 꽃잎 하나 목에 걸린 연빛 목도리
봄을 타고 날아와 앉은 연꽃의 미소 같으니
그 님을 닮은 자비 앞에 길손도 그리움을 담는다.

불길이 물 속에서도 타오르는 생명력
뜨거운 불멸의 사랑 연꽃을 보면

세상길에는 어머니 영원한 사랑 산수유 꽃 피고
사람의 마음에 피는 꽃은 인연의 그리움
연꽃이 아닐까.
산수유 꽃 사랑을 터트린 그 날이었다.

어머니 목련화

색깔로 물들지 않고
흰 꽃으로 피어나는 목련화
하얀 구름 내려앉아 꿈을 꾸는 까닭일까?

봄 향기에 홀린 사람
마음 털고 맑은 눈으로
세상 길 다시 바라본 얼굴인가?

꽃들의 웃음 소리
바람에 실어 공중을 날릴 때
어머니 마음 터트린 꽃송이로 피어났을까?

담장 뒤에 감춰진 향기는
사람 눈빛에 나비로 날아와
목련화 지기 전에 사랑이 운다.

사월의 손님

어여쁘게 사월달 찾아온
반가운 손님이시여
눈 속에 피어나는 얼굴
그 숨결 마음에 스며들어
친정 집 찾아오듯 산천에
연초록 잎사귀 각시방 만드네요.

고운 냄새 싣고 가는 시냇물도
하늘에 짝사랑 금빛 햇살 따라
반짝거리는 징검다리 만들어
웃음이 번지며 꽃 등불 밝히며
님을 만난 사랑 소리
온 종일 쉬지 않고 노래하네요.

사월의 님이시여
세월의 손님이시여
욕심 없이 사랑을 아는 사람 마음에
지난해에 못다 한 정 털어놓고 가시어도
그 향기 어찌나 많은지
어딘들 주워 담을 그릇이 없소이다.

그림자 속에 그리움

어느 날부터
눈을 감고 상상을 보면
잠 못 이룬 나그네 발걸음으로
그림자 없이 떠도는
그리움이 하나 느낄 수 있었습니다.

푸른 물결 밀어내며
그리움을 품어내는 파도는
가슴을 치며 사무침을 말하지만
님의 몸짓은 바람 속에 숨었는지
눈에도 손에도 흔적이 없습니다.

세월은 유정한데
사랑은 무정한가요?
무엇이 이렇게 아름다운 추억 하나
어찌 마음에서 지울 수 없는데
다시 꿈길 어느 곳에서 만날 수 있을까요?

바람 어머니의 자장가였다

나는 바람이었다.
사방팔방 빈 몸뚱아리로
자유롭게 거니는 세상에 벌거숭이였다.

쉴새 없이 생각하고 달려가
빈둥거리는 세월 정도는 날려버리고
침묵하는 산천을 깨우는 부지런한 바람이었다.

사람도 사랑했고 사물도 사랑했고
들풀의 서러움을 달래주는 친구였고
강물도 바닷물도 춤을 추게 한 노래였다.

사랑을 버린 쓰레기 더미에도
조각난 바람의 손길 뻗어가고
산산이 부서진 마음 품고 밤낮으로 앉아 있었다.

그리움 담은 여인의 치마폭처럼
어둠 속에는 짙게 깔리는 숨 소리였고
사랑을 지키는 어머니의 자장가였다.

달도 웃는 한가위

꿈속에서도 볼 수 없는 수수께끼 나라
영원 속에 숨겨 놓은 비밀이 그리 많아
일 년 중 단 한 번 보여주는 큰 보름달
가을바람 속에 피어나는 어머니 얼굴 속에
구름 물결 타고 오는 달맞이 한가위다.

동네 정자나무 가지에 걸터앉아
밤을 새우는 꿈의 등불이 되어
세월이 놓고 간 소망 사람에게로 품어 주는
어머니 마음 닮은 진실한 사랑으로
초승달부터 한 걸음 한 걸음 걸어왔었다.

들꽃에 얼굴 가리는 서럽던 들풀도
하늘 향한 고개 끝에 꽃가지가 피던 날
별빛도 웃고 뒷산 부엉이도 노래 부르며
추억 속의 꿈이 될 고향에 널려진 인정
소망 보듬은 사랑의 한 자락 피어나고 있다.

사람들 모두 이슬 같은 맑은 구슬 꿰어
정한수 한 사발에 떨어뜨린 정성

세상 사랑 기원하는 영롱한 신앙으로
둘레를 잴 수 없는 둥근 품에 안겨
사람을 위해 하늘이 양보한 한가위 꽃이 떠오른다.

서초골 향기

여름을 목 놓아 노래하던 매미 소리
가을 바람 한 모금 입에 물고
나무 등을 품고 울던
미동 없는 그 사랑 어디서 꿈꾸는가?

불을 피워내던 뜨거운 햇살도
세월의 발길에 실어
한철 지나가는 사연일지라도
산을 넘어가는 구름결에 사색을 부른다.

사람 마음 속에 들꽃의 향기가 되어
산 메아리처럼 울려오는 서초골
노래 소리 손을 잡고 춤추는 그림자
꽃피는 예술의 전당에 은하수가 내려앉은 밤이다.

꽃이 된 세월

옆눈질 한 번 주지 않고
사시사철 징검다리 건너가던 세월
봄날 꽃향기가 그리움을 풍겨와도
여름날 푸른 이파리 뜨겁게 아우성치는
돌아오지 않는 메아리 벙어리 가슴이었다.

밤낮을 쉴새없이
해와 달을 바꿔가며 달려간 세월
가을날 단풍잎 물들인
바람결 속삭임도 따돌리고
겨울날 하얀 눈사람 영혼의 고백
비를 맞고 눈에 젖어도
찬바람 손에 얼어붙게 눈 감았다.

두 눈으로 본 인연 인연마다
두 귀로 들은 사연 사연 절절해도
산 넘어가는 구름 한 조각 흔적없이
생시에도 갔고 꿈에도 갔던 숨쉬는 그림자
어느날 꽃이 된 세월
긴 마음 내려 놓고 나를 부른다.

김안숙 시집

꽃이 된 세월

•

지은이 / 김안숙
펴낸이 / 김재엽
펴낸곳 / **한누리미디어**
디자인 / 지선숙

•

121-840, 서울시 마포구 서교동 잔다리로 35 서원빌딩 2층
전화 / (02)379-4514, 379-4519
Fax / (02)379-4516
E-mail/hannury2003@hanmail.net

•

신고번호 / 제300-2006-61호
등록일 / 1993. 11. 4

•

초판발행일 / 2013년 9월 25일

•

•

값 8,000원

•

※잘못된 책은 바꿔드립니다.

ISBN 978-89-7969-458-1   03810